CHEMIN DE FER

CENTRAL-ASIATIQUE

COMMUNICATION

FAITE

A LA SOCIÉTÉ DE GÉOGRAPHIE

Dans sa Séance annuelle du 20 Décembre 1875

PAR

M. Ch. COTARD, INGÉNIEUR

EXTRAIT DU JOURNAL L'EXPLORATEUR

PARIS

AUX BUREAUX DE *L'EXPLORATEUR*

24 ET 26, PASSAGE COLBERT. 24 ET 26

1876

CHEMIN DE FER CENTRAL-ASIATIQUE

COMMUNICATION

FAITE

A LA SOCIÉTÉ DE GÉOGRAPHIE dans sa SÉANCE ANNUELLE du 20 DÉCEMBRE 1875

PAR

M. Ch. COTARD, INGÉNIEUR

MESSIEURS,

A diverses reprises on a bien voulu me demander de faire connaître à notre Société à quel point en était le projet de chemin de fer des Indes à travers l'Asie centrale, et quelle suite avaient obtenue les négociations ouvertes à ce sujet par M. de Lesseps lui-même ou sous son patronage.

J'ai tardé jusqu'à présent à entretenir le public de cette question, attendant toujours qu'un pas décisif l'eût fait entrer dans le domaine de la pratique; mais ce projet est tellement vaste, il touche à de si grands intérêts que, tout en regrettant les retards qu'il subit, on ne doit pas trop s'étonner des délais qu'entraîne la mise en œuvre d'une pareille entreprise. Il faut même reconnaître, quelque modestes que soient encore les résultats obtenus, que ce projet, grâce au nom illustre qui y est attaché, a saisi, dès le début, l'attention publique, et que son importance est de mieux en mieux appréciée.

C'est un très-grand honneur pour moi, Messieurs, d'être appelé à vous en entretenir et de porter la parole devant cette nombreuse assemblée. Je saisis cette occasion pour remercier en même temps la Société de Géographie des vœux qu'elle a formés la première pour le succès de cette grande œuvre.

M. de Lesseps, malheureusement absent, à qui j'ai fait part de mon intention de parler aujourd'hui de ce projet, a bien voulu me donner ses meilleurs encouragements, et m'a chargé d'exprimer ici son vif regret de ne pouvoir assister à cette séance annuelle.

Je ne dispose, Messieurs, pour l'exposé que je désire vous présenter, que d'instants bien limités. Je ne reviendrai donc que fort brièvement et pour mémoire seulement, sur les origines et sur l'historique du projet.

L'idée de relier l'Inde à l'Europe, par une voie ferrée, continentale, directe, fut longtemps caressée dans mon esprit, alors surtout qu'étant au Canal de Suez, j'avais sous les yeux l'exécution de ce grand travail si bien fait pour montrer l'importance toujours croissante de communications rapides avec l'extrême Orient. Mais ce n'est que plus tard, à Constantinople, où je fus appelé pour la construction d'une portion des chemins de fer ottomans, que ce projet a réellement vu le jour, quand M. de Lesseps y vint lui-même et qu'il accepta d'y attacher son nom.

Je sentis à ce moment que la fortune de ce projet était désormais assurée. C'est le privilège d'hommes comme M. de Lesseps de prêter à ce qu'ils touchent le prestige de leur force et de leur renommée.

Je me rappellerai toujours nos longs entretiens sur l'avenir réservé à cette voie nouvelle. Nous considérions, sur la carte, cette grande ligne traversant l'Asie de part en part, et réunissant, à travers un espace relativement restreint, les territoires de l'Europe et de l'Inde avec leurs immenses réseaux de voies ferrées.

« Ce sera, me disait-il, une affaire comme celle de Suez, une de ces entreprises dont les avantages ne peuvent se mesurer qu'à l'étendue des intérêts qu'elles mettent en jeu. Les deux routes de terre et de mer, loin de se nuire l'une à l'autre, se prêteront un mutuel concours. Le chemin de fer, en rendant les communications plus rapides, développera les relations commerciales, et le mouvement des marchandises, qui est le principal profit du Canal, augmentera en proportion. »

Un jour que nous allions ensemble à Andrinople, avec le premier train qui eût encore parcouru la ligne, et que nous causions comme toujours du projet, M. de Lesseps me dit tout à coup : « J'ai trouvé le nom que nous donnerons à notre affaire ; ce sera un nom semblable à celui de la Compagnie de Suez, qui lui a porté bonheur ; nous l'appellerons : *Compagnie universelle du chemin de fer* CENTRAL-ASIATIQUE. »

Le soir, au milieu des réjouissances qui accompagnent toujours l'inauguration de nouveaux chemins de fer, tout le monde s'entretenait déjà de la future Compagnie et des travaux qu'elle pouvait, dans l'avenir, réserver aux hommes de l'art.

A notre retour à Constantinople, M. de Lesseps échangea, avec le général Ignatieff, les belles et intéressantes lettres que vous connaissez. Ce sont ces lettres qui ont marqué la naissance même du projet.

La publication de ces lettres provoqua, dans la presse des différents pays, un vif mouvement d'adhésion.

Le prince Orloff, très-sympathique au projet, obtint de l'empereur de Russie lui-même, que M. de Lesseps revit ensuite à Ems, l'autorisation de procéder à des études préliminaires.

C'est à ce moment que M. de Lesseps forma avec quelques amis un premier fonds destiné seulement à suffire aux frais de voyages et d'informations préparatoires.

Son fils, M. Victor de Lesseps, et M. Stuart, ingénieur, partirent pour l'Inde, et je me rendis de mon côté à Saint-Pétersbourg.

M. Stuart vient de publier dans le journal l'*Explorateur* un important travail qui résume les observations que ces Messieurs ont recueillies dans leur voyage. J'ai également réuni en Russie de nombreux renseignements.

Si aucun résultat effectif n'a pu encore être obtenu, les informations prises présentent du moins un ensemble de données qui sont de nature à faire apprécier plus sûrement l'importance du projet, ainsi que la possibilité de son exécution.

C'est cet ensemble d'informations que je vais avoir l'honneur de vous présenter.

J'ai à vous exposer, d'abord, quelques considérations générales sur différents tracés proposés, et à vous rappeler les raisons qui ont fait que nous nous sommes attachés à celui de l'Asie centrale.

L'idée de créer une voie de communication rapide de l'Europe aux Indes date déjà de longtemps. Lors de l'exécution du canal de Suez, on se préoccupait du projet d'une ligne qui, partant de Souedieh, près d'Alep, aurait suivi la vallée de l'Euphrate jusqu'à Bassorah. Cette ligne, d'une longueur d'environ 1,500 kilomètres, à travers des contrées généralement désertes, eût présenté ce grave inconvénient de nécessiter, à Souedieh et à Bassorah, des transbordements aussi incommodes pour les voyageurs que coûteux pour les marchandises, ainsi que la création de services maritimes spéciaux dans la Méditerranée et dans le golfe Persique.

Le succès du canal de Suez acheva de faire repousser ce projet. On avait parlé, cependant, de comprendre cette ligne dans un projet plus étendu en la prolongeant, d'une part, jusqu'à Scutari, en face de Constantinople, sur le Bosphore, et, de l'autre, par les côtes de la Perse et du Béloutchistan jusqu'à Kurrachee. Mais, alors, cette ligne eût atteint 2,500 kilomètres jusqu'à Bassorah et près de 5,000 jusqu'à Kurrachee.

Un pareil tracé, le plus long de tous, ne parcourant, sur une

grande partie de son immense développement, que des côtes dénuées
de tout intérêt commercial et desservies déjà, d'ailleurs, par les
communications maritimes, ne pouvait offrir aucune chance de réalisation ni aucun avantage. Il n'eût pas, non plus, évité le transborde-
ment du Bosphore, qui est l'inconvénient obligé de tous les tracés
passant par l'Asie-Mineure. .

Tel est le cas du projet de ligne partant de Scutari et se diri-
geant, par Erzeroum ou Diarbékir, vers Téhéran, Mechet, Herat et
Kandahar, pour aller rejoindre les lignes anglaises à Chikarpour.
Ce tracé eût encore présenté un développement de 4,500 kilomètres.
Une ligne d'une pareille étendue, à établir, également tout entière,
en pays musulman, à travers beaucoup de contrées désertes et des
populations hostiles, n'était pas non plus exécutable.

Ces projets à travers l'Asie-Mineure sont ainsi restés jusqu'à présent à l'état de pures hypothèses, et rien ne permet d'envisager
leur réalisation comme probable.

Il n'en est pas de même des tracés par la Russie qui, tous, présentent plus de chances et des caractères plus sérieux. C'est la conséquence de la situation géographique de ce pays et de son exten-
sion progressive et civilisatrice vers l'Orient.

Les points extrêmes atteints vers l'est, par les chemins de fer
russes, sont les suivants : Wladikawkaz, Saratoff, Orenbourg (1) et
Nijni-Novgorod.

Chacun de ces points a donné lieu à autant de projets. Exami-
nons-les successivement.

Le prolongement de la ligne de Vladikawkaz à travers le Cau-
case, jusqu'à Tiflis, est déjà décidé, ainsi que celui de la ligne de
Poti-Tiflis jusqu'à Bakou.

La continuation de ces lignes, soit par le bord de la mer Caspienne, soit par Erivan jusqu'à Téhéran, est tout naturellement in-
diquée, et cette voie sera la vraie route de la Perse. Mais il reste-
rait encore, entre Téhéran et le point le plus rapproché de l'Inde,
une distance d'environ 2,500 kilomètres à travers les déserts mon-
tagneux de la Perse et de l'Afghanistan. Il ne semble pas que l'exécution de cette ligne puisse entrer non plus dans les prévisions
actuelles. Les lignes de la Perse, quand on en fera dans ce pays,
seront, sans doute, plutôt appelées à établir une communication avec
le golfe Persique, à Aboucheir.

Nous nous trouvons ainsi, de proche en proche, ramenés à considérer les tracés passant au nord de la mer Caspienne.

Disons tout de suite que ce sont ceux-là qui sont les plus directs.
La route actuelle des Indes, par la Méditerranée et le canal de Suez,

---

(1) La ligne de Samara à Orenbourg est actuellement en construction.

fait, à ce sujet, illusion. La direction à vol d'oiseau, ou, pour parler plus exactement, le grand cercle passant par Londres et Calcutta, est bien loin de descendre autant au sud. Il passe par Amsterdam, au nord de Berlin, par Varsovie, atteint le nord de la mer Caspienne, le sud de la mer d'Aral, passe à Samarkande, par la vallée du haut Indus et l'Himalaya.

Le tracé qui se rapprocherait le plus de cette ligne idéale serait celui qu'a indiqué M. Baranowski. Partant de Saratoff, il se dirigerait droit sur Khiva et suivrait ensuite le cours de l'Amou-Daria. Ce tracé serait très-direct, mais il présenterait le grave inconvénient de traverser, sur la plus grande partie de son parcours, des pays absolument déserts, principalement l'Oust-Ourt.

M. le général Ignatieff qui a fait autrefois dans ces contrées de beaux travaux d'exploration, m'a raconté souvent les dures privations auxquelles son expédition avait été soumise par suite du manque d'eau et de toutes ressources.

M. Baranowski, que j'ai eu l'avantage de voir à Saint-Pétersbourg, paraît s'être laissé guider seulement par le désir de trouver la ligne la plus courte, et, sous ce rapport, la direction qu'il recommande remplirait le mieux cette condition. Mais, de l'avis de beaucoup de personnes qui ont étudié la question, les pays à traverser sont de telle nature que l'établissement d'une voie ferrée ne peut pas y être considéré comme exécutable.

Dès le point de départ, de Saratoff, et sans parler de l'immense pont à construire sur le Volga, on aurait à traverser des plaines désertes et souvent couvertes d'eau; puis les plateaux élevés et presque inaccessibles de l'Oust-Ourt où il n'existe ni eau ni bois. La ligne aurait, il est vrai, l'avantage de passer par Khiva, mais elle laisserait loin d'elle Tachkend qui est le véritable centre commercial de l'Asie centrale.

Enfin, comme le gouvernement russe ne paraît avoir aucune intention de prolonger la ligne de Saratoff au-delà du Volga, ce tracé présenterait, en somme, un parcours plus long que celui partant d'Orenbourg, point qui est plus avancé vers l'est que Saratoff.

Dans le choix à faire entre les différents tracés, il ne suffit pas, en effet, de considérer le côté purement idéal de la question; il est essentiel de tenir compte de toutes les circonstances qui peuvent faciliter l'exécution de la ligne et en améliorer les produits. Or, il est clair que s'il est possible d'obtenir une décision favorable du gouvernement russe pour la construction d'une ligne dans l'Asie centrale, ce sera, sans nul doute, à la condition que cette ligne desserve les importantes contrées dont Tachkend est le point principal.

Ajoutons enfin, qu'au point de vue du combustible, le choix ne peut pas non plus être douteux, toute ressource de ce genre manquant totalement entre Saratoff et Khiva, tandis que les gisements déjà exploités des montagnes de Karatau assurent l'approvisionnement de la ligne de Tachkend.

Ce sont des considérations analogues qui nous ont fait examiner avec attention un tracé plus septentrional encore que celui d'Orenbourg; celui qui, partant de Nijni, irait à Ekaterinenbourg et Tiumen pour redescendre ensuite sur Tachkend.

Cette ligne de Nijni à Ekaterinenbourg et Tiumen, qui ne mesure pas moins de 1,500 kilomètres, sera, sans doute, assez prochainement décidée. Elle est depuis longtemps réclamée par le commerce russe. Les marchands de l'importante foire d'Irbit ont même adressé à M. de Lesseps une demande tendant à lui faire abandonner le tracé d'Orenbourg en faveur de celui d'Ekaterinenbourg.

Le colonel Bogdanowitch qui s'est fait depuis longtemps le promoteur de cette ligne sibérienne, est venu au Congrès de géographie de cette année pour exposer les avantages de son projet.

Nous avons toujours répondu que le chemin de fer Central-Asiatique avait pour but de réunir les deux points les plus rapprochés des réseaux russe et indien, et que nous n'avions point de parti pris absolu sur le point d'attache avec les lignes russes ; que nous devions, en conséquence, attendre que le gouvernement ait fait connaître ses intentions sur le choix de ce point de départ; mais que, pour le moment, Orenbourg avait, sur tout autre point, une avance considérable. Nous reconnaissions, d'ailleurs, toute l'importance de la direction sibérienne, et nous ajoutions qu'une fois la ligne d'Ekaterinenbourg exécutée, il y aurait certainement lieu d'y rattacher le chemin de fer Central-Asiatique.

J'ai eu l'honneur de m'entretenir longuement de cette question à Pétersbourg, avec le général de Kauffmann. Suivant lui, l'importance d'une voie ferrée reliant Tachkend à la Russie est telle que le tracé le plus promptement exécutable est celui qui doit être choisi, et, qu'à ce point de vue, celui d'Orenbourg l'emporte sur tous les autres.

J'ai pu examiner en détail dans une conférence où il avait bien voulu me convoquer, les cartes topographiques à très-grande échelle dressées par le général Beznossikoff pour toute la région comprise entre Orenbourg et Tachkend.

Sur ces cartes étaient figurés les divers tracés principaux qui ont été étudiés, et nous en avons discuté les mérites respectifs.

Ceux situés le plus à l'ouest rencontrent les monts Moughadjar, de grandes dunes de sables et des marais d'un passage difficile. Celui qui suit la direction de la route de poste a l'inconvénient de traverser le désert de Karakoum près de la mer d'Aral, et d'être exposé le long du Syr-Daria aux inondations de ce fleuve. Le tracé nord est le meilleur. Il se dirige vers Orsk et contourne jusqu'aux approches des monts Karatau les plaines salines et inhospitalières appartenant à la dépression de la mer d'Aral. Il reste ainsi dans une contrée moins aride et suffisamment pourvue d'eau. Ce dernier tracé a de plus cet avantage, pour le cas de l'exécution de la ligne de Sibérie, de pouvoir se prêter aisément, par suite de sa forte inflexion vers l'est, à une bifurcation éventuelle de deux directions vers Ekaterinenbourg et vers Orenbourg.

Ajoutons encore que le caractère de la ligne dont nous nous occupons est de pénétrer le plus possible dans le centre de l'Asie, afin de profiter du mouvement commercial de contrées privées jusqu'à présent de tout moyen de communication, et que, sous ce rapport, il y a avantage à choisir les tracés les plus à l'est.

Celui que nous venons d'indiquer satisfait le mieux à ces différentes conditions, il s'approche autant que possible des parties méridionales de la Sibérie et vient cotoyer les monts Karatau en passant par Djulek, Turkestan et Tchemkend jusqu'à la grande ville de Tachkend.

Remarquons, toutefois, que Tiumène et Orenbourg se trouvent à peu près à la même distance de Tachkend et que si, une fois la ligne de Sibérie faite jusqu'à Tiumène, des motifs puissants devaient finalement faire choisir ce point de départ, les raisonnements et les chiffres présentés plus loin pour les conditions d'exécution de la ligne s'appliqueraient au tracé de Tiumène à Tachkend aussi bien qu'à celui d'Orenbourg.

A partir de Tachkend, la ligne passe à Khodjend, longe le Khokand et arrive par des défilés, d'un passage facile, à Djizak et Samarkande, dans la fertile vallée du Zerafchane.

Après Samarkande, la ligne se rapproche légèrement de Boukhara, passe par Karchi et traverse l'Amou-Daria pour arriver à Balkh et Takhtapoul. Là, commencent les difficultés de la traversée de l'Hindou-kouch.

Plusieurs tracés se présentent. On peut remonter la rivière de Balkh de Kouloum ou de Koundouz jusqu'à Bamian et traverser le faîte, par les cols de Hadjiyak ou d'Irak. C'est ce passage que suivent ordinairement les caravanes, et il est le moins élevé; mais il présente l'inconvénient d'un double col à franchir, à cause de la vallée de l'Hilmend qui partage en ce point la chaîne de l'Hindou-kouch.

Il sera sans doute préférable, après avoir suivi pendant quelque temps la rivière de Koundouz, de prendre l'affluent qui s'en détache à l'est pour aller par Inderab au col de Khawak et passer de là dans la vallée du Pandjir qui descend dans celle de Caboul.

Une autre route consisterait à remonter la vallée de l'Amou-Daria jusque dans le Badakchan, à Fayzabad, et de là à passer par les cols de Dora ou de Nuksan dans la vallée du Tchittral qui vient se joindre, par Djellalabad, à celle de Caboul.

D'autres tracés peuvent encore être recherchés, mais je ne puis, dans ce court exposé, énumérer les considérations qui concernent chacun d'eux ; d'ailleurs, des études complètes du pays pourront seules décider définitivement du choix à faire entre ces différentes solutions.

Le seul point que j'aie en vue d'établir pour le moment, c'est que, d'après tous les renseignements qui ont pu être recueillis, la traversée de l'Hindou-kouch est praticable pour un chemin de fer et que vraisemblablement elle ne sera pas plus difficile que celle des Alpes.

On sait, en effet, que les montagnes de l'Asie s'élèvent graduellement, par plateaux successifs. A partir de Pechawer il y aura à s'élever d'environ 3,000 mètres pour atteindre l'un des cols que je viens de citer et dont l'altitude est de 3,300 à 3,500 mètres. La distance à parcourir sur les deux versants étant d'environ 300 kilomètres, la pente moyenne ne dépassera pas celle très-modérée de 10 millimètres par mètre.

Quant à la hauteur absolue du passage, elle n'a rien d'excessif, si on considère que la limite des neiges dans cette contrée méridionale est d'environ mille mètres plus élevée que dans les Alpes.

Récapitulons, en partant de Pechawer, les différentes parties de la ligne, au point de vue de la nature des pays traversés :

De Pechawer à Balkh, 800 kilomètres environ. Partie difficile, mais se présentant dans des conditions d'exécution certainement praticables. Pays fertile et peuplé sur tout le versant sud. Pour ne parler que des villes principales, Pechawer, Djellalabad et Caboul représentent à elles seules plus de cent mille habitants. Sur le versant nord, le pays est moins habité ; il faut y mentionner cependant les villes de Koundouz, de Khouloum, de Balkh, et surtout Takhtapoul, qui est un centre commercial important.

De Balkh à Tachkend, sur 1,000 kilomètres d'exécution beaucoup plus facile, on traverse, entre autres villes : Karchi, Samarkande, bien déchue de son ancienne grandeur mais située, comme Boukhara, dans la riche vallée du Zérafchane ; Khodjend, importante aussi par ses relations avec le Khokand, et enfin Tachkend, ville de près de 100,000 habitants dans une contrée également fertile, et centre principal du commerce de ces pays.

De Tachkend à Orenbourg sur 2,000 kilomètres, pays de steppes, moins peuplé mais non désert. Aux environs de Tchemkend, les mines de charbon découvertes dans le Karatau.

J'avais dernièrement, sous les yeux, une description détaillée de la ligne du Pacifique qui traverse la partie ouest de l'Amérique du Nord. Combien cette ligne a été plus difficile à construire et eût semblé *à priori* moins justifiée que celle qui nous occupe. Longue de 3,000 kilomètres, elle a eu à traverser, sur la presque totalité de son parcours, un pays affreux, dénué de toutes ressources, manquant d'eau et de bois, et dont l'altitude se maintient à une moyenne de près de 2,000 mètres sur plus de la moitié de son étendue. Sur ces hauts plateaux, les amoncellements de neiges ont conduit à la construction de galeries de protection en charpente sur une longueur de près de 100 kilomètres. Pas de population ; la ligne, sur cet énorme parcours, ne rencontre qu'une ville misérable, Cheyenne, qui ne compte que 4,000 ou 5,000 habitants.

Il fallut, pour la construction de la ligne, tout apporter, matériaux, nourriture des ouvriers et se défendre en même temps contre les peuplades errantes qui occupaient encore le pays.

On ne s'est pas arrêté, cependant, devant tant de difficultés ; cette ligne immense a été construite en moins de cinq années.

Le chemin de fer Central-Asiatique sera loin de présenter de pareils obstacles et sera assuré d'un trafic autrement considérable ; car, au lieu d'aboutir à la mer, il réunira l'Inde et l'Europe, peuplées de 500 millions d'habitants et sillonnées de plus de 100,000 kilomètres de voies ferrées.

Et, cependant, l'œuvre qui nous occupe est difficile à réaliser, elle est encore discutée. Les entreprises qui dépassent les limites habituelles présentent cet écueil ; comme on n'a pas de mesure pour les apprécier, on est conduit soit à des exagérations, soit à des doutes excessifs. Le succès se trouve ainsi compromis aussi bien par les enthousiasmes irréfléchis que par l'esprit de routine que toute nouveauté effarouche. Mais, il arrive également aussi que, lorsqu'il s'agit d'une idée juste, les résultats sont proportionnés à la grandeur de l'entreprise et dépassent les espérances les plus hardies. Il en a été ainsi de beaucoup de grandes choses qui se sont faites dans le monde. Il en a été ainsi du canal de Suez, œuvre conçue et poursuivie par un seul homme, soutenue jusqu'à la fin par la masse du public qui a aussi son génie, et que nous voyons, aujourd'hui, disputée par les plus grands intérêts de la terre.

Cette fortune est réservée aux entreprises qui, par leur grandeur même, échappent à toute concurrence. Le chemin de fer Central-Asiatique sera dans ce cas. Il faut donc, pour en apprécier les avantages, tenir compte de l'avenir qui sera assuré à cette voie nouvelle, tout en calculant aussi exactement que possible ses revenus immédiats et certains.

Nous ferons ce calcul en déterminant successivement les dépenses d'établissement et le trafic probable.

On peut évaluer le coût de la portion facile d'Orenbourg à Tachkend à 150,000 francs le kilomètre. Les ingénieurs russes l'estiment à un prix moindre ; mais il convient, dans le calcul que nous faisons, de forcer plutôt l'évaluation de la dépense.

Les 2,000 kilomètres de cette portion coûteront ainsi 300 millions.

De Tachkend à Balkh la ligne sera un peu plus accidentée ; en l'évaluant à 200,000 francs, nous aurons, pour les 1,000 kilomètres de cette portion, une dépense de 200 millions.

Pour les 800 kilomètres de Balkh à Pechawer, nous admettrons un prix kilométrique assez élevé pour couvrir toute éventualité ; nous le supposerons de 375,000 francs, ce qui porte le coût de cette portion à 300 millions.

Nous arrivons ainsi, pour la ligne entière, au total de 800 millions. A ce chiffre, il convient d'ajouter les intérêts d'argent pendant la construction.

Les 3,000 kilomètres du Pacifique ont été exécutés en moins de cinq années. Nous pouvons admettre que les 3,800 kilomètres du Central-Asiatiqne pourront l'être en six ou sept années. Comptons, pour plus de sécurité, sur huit années, et supposons, en outre, ce qui est évidemment excessif, que les portions progressivement construites ne rapporteront rien tant que la ligne entière ne sera pas achevée. Il faudra, dans ce cas, payer les intérêts des 800 millions pendant la moitié du temps soit, à raison de 5 °/₀, 20 °/₀ de cette somme, c'est-à-dire 160 millions. Ajoutons, enfin, à titre d'imprévu, 40 autres millions, et nous arrivons à la dépense totale de 1 milliard, correspondant à un coût kilométrique d'environ 265,000 francs.

Cette évaluation des dépenses ne peut être, sans doute, que fort approximative. Elle nous paraît cependant suffisante pour les calculs que nous nous proposons d'établir pour l'appréciation du produit probable de la ligne.

Examinons d'abord le trafic à attendre du transit et commençons par les voyageurs.

Il passe actuellement par le canal de Suez 78,000 voyageurs par an. Déduisons de ce chiffre 3,000 voyageurs passant sur de petites barques et 15,000 pèlerins de la Mecque ; il reste 60,000 voyageurs se rendant aux Indes ou au delà.

Actuellement, le voyage par Marseille et par mer, jusqu'à Calcutta, demande trente et un à trente-deux jours et coûte, au *minimum*, 1,620 francs. Par la voie la plus rapide, c'est-à-dire par chemin de fer jusqu'à Brindisi, par la malle anglaise de Brindisi à Bombay et, par chemin de fer, de Bombay à Calcutta, le voyage est de vingt-trois jours et coûte 2,200 francs.

Ces prix se décomposent de la manière suivante :

Voie de Marseille, trente et un jours :

De Paris à Marseille.........................	106 fr.	35
Nourriture..................................	10	»
Passage à Marseille.........................	3	65
De Marseille à Calcutta par les Messageries maritimes.	1.500	»
Total.....................	1.620 fr.	»

Voie de Brindisi et Bombay, vingt-trois jours :

De Paris à Brindisi.........................	224 fr.	»
De Brindisi à Bombay, par la Compagnie péninsulaire et orientale, 63 livres.........................	1.575	»
De Bombay à Calcutta, par chemin de fer...........	315	»
Nourriture pendant les cinq jours de chemin de fer, à 10 francs par jour.........................	50	»
Frais de passage à Brindisi et Bombay, environ.....	36	»
Total.....................	2.200 fr.	»

Par le Central-Asiatique, on ira de Paris à Calcutta en onze jours, au plus.

Cette durée du trajet ne correspond qu'à une vitesse inférieure à 41 kilomètres à l'heure, vitesse très-modérée, si l'on considère que les trains directs de l'Inde n'auront que fort peu d'arrêts. Une vitesse supérieure pourra même être obtenue, car le train rapide de Berlin à Paris, par exemple, marche à raison de près de 49 kilomètres à l'heure, arrêts compris.

Le prix du voyage peut s'établir approximativement comme suit :

De Paris à la frontière russe, distance 1,475 kilomètres. Prix d'après les tarifs actuels.........................	159 fr. 90		
De la frontière à Orenbourg, distance 3,025 kilomètres, à compter au tarif adopté en Russie, de 3 kopeks par verste, c'est-à-dire (au change moyen de 3 fr. 50) à environ 0 fr. 10 par kilomètre, ce qui donne pour ce parcours.........................	302	50	
D'Orenbourg à Pechawer, 3,800 kilomètres, au tarif de 0 fr. 11.........................	418	»	

Trajet dans l'Inde :

De Pechaver à Lahore, 440 kil. à environ 0 fr. 14.........................	61 fr. 50		
De Lahore à Gayzabad, 540 kil., 32 roupies.	75	20	
De Gayzabad à Calcutta, 1,520 kil., 88 ½ roupies.........................	208	00	344 70
A reporter.....	1.225 fr. 10		

Report..... 1.225 fr. 10

Supplément à prévoir pour les wagons-lits, à raison
de 15 francs par jour..................... .... 165 »
Nourriture, 11 jours à 10 fr...................... 110 »

Total.......:........... 1.500 fr. 10

On voit donc que le trajet par le Central-Asiatique présentera sûr
le trajet par Brindisi et Bombay une économie de 700 francs et de
12 jours, et sur celui par Marseille et par mer une économie de
120 francs seulement, mais de 20 jours (1).

Cette économie de temps et d'argent s'appliquera aux voyages
au delà des Indes, qui se continueront par mer, à partir de
Calcutta.

Est-il besoin de présenter en détail les avantages du nouveau trajet par voie de terre si rapide et si économique? J'ai entendu des
personnes dire qu'un voyage de onze jours en chemin de fer sera
très-fatigant. Je ne le pense pas. Tout dépend du système d'amé-
nagement des wagons. Il serait, à coup sûr, fort pénible de rester
onze jours dans un de nos compartiments ordinaires de chemin de
fer. Mais la nécessité des longs voyages a déjà amené jusque chez
nous, pour les grands parcours, l'immense amélioration des wagons-
lits. (*Mann Boudoirs sleeping cars.*)

Pour le grand trajet de Calcutta, les trains seront encore mieux
installés. Des wagons réunis entre eux offriront tout le confort et
tous les agréments d'un bateau à vapeur quand le temps est beau.
Le trajet présentera de plus, au lieu de la monotonie de la mer avec
ses chances de mauvais temps, toute la variété d'un voyage par
terre à travers des pays sans cesse nouveaux. Les négociants, au
lieu de l'isolement où les condamne toute traversée, resteront en
communication avec leurs affaires et utiliseront leur voyage pour
établir des relations nouvelles. Ajoutons d'ailleurs que dans les vingt-
trois jours de voyage de Brindisi et Bombay, il y a déjà cinq jours
moins quelques heures de trajet par chemin de fer. Il ne s'agit donc
que de six jours seulement de plus pour en économiser douze autres
et se mettre à l'abri de toutes les éventualités d'un voyage en mer.

En dehors de tous ces avantages de rapidité, d'économie, de confort et de sécurité, il y a une autre condition importante que les
chemins de fer peuvent seuls offrir. C'est la quotidienneté et la ré-
gularité absolue des départs. Au lieu d'avoir à calculer d'avance les
jours d'embarquement et à retenir son passage, on aura des places
assurées jusqu'au dernier moment dans un train partant chaque jour à
heure fixe. Qui hésitera alors à prendre le chemin de fer?

---

(1) On n'a pas tenu compte, dans le calcul, de la légère différence de prix de
transport des bagages.

Je crois ne soulever d'objection de personne en admettant que sur les 60,000 voyageurs passant actuellement par le canal, les quatre cinquièmes au moins, soit 50,000, prendraient dès aujourd'hui la voie ferrée, si elle était ouverte.

Considérons maintenant que le nombre des voyageurs traversant le canal augmente depuis quelques années de 5,000 par an. Il n'est pas exagéré d'admettre que, soit du fait de cet accroissement annuel, soit par suite de l'augmentation naturelle qui résultera forcément d'un trajet plus court, plus sûr, plus agréable et moins coûteux, ce chiffre sera doublé dès que cette nouvelle voie sera ouverte.

On peut donc compter, à l'ouverture de la ligne, sur un nombre de 100,000 voyageurs qui, au taux très-bas de 0 fr. 11 le kilomètre (au Pacifique on fait payer 0 fr. 20), donnera une recette kilométrique minimum de 11,000 francs.

Passons aux marchandises :

Le mouvement des marchandises traversant le canal de Suez (1), va atteindre cette année 3 millions de tonnes, avec un accroissement d'environ 500,000 tonnes par an. Cette progression constante depuis ces dernières années n'est pas à sa limite, car le canal n'a encore dérivé à son profit qu'à peine 25 0/0 du commerce total actuel de l'extrême Orient. Sans tenir compte de l'accroissement général de ce commerce, le tonnage de transit par le canal peut tripler d'ici à dix ans. Supposons qu'il soit à ce moment de 6 millions de tonnes, il est certain qu'une portion de ce mouvement sera détournée par la voie ferrée. Admettons-la aussi réduite qu'on voudra, de 5 0/0 par exemple, cela donne 300,000 tonnes qui, au tarif de 0 fr. 06 la tonne et le kilomètre, produiront une recette brute kilométrique de 18,000 francs. Ajoutons enfin pour le transport des malles, environ 1,000 fr. par kilomètre, et nous arrivons, comme recette brute kilométrique de transit, au chiffre de 30,000 francs.

Examinons maintenant le trafic du parcours intermédiaire de l'Asie centrale. Le mouvement actuel des marchandises entre l'Asie centrale et la Russie est d'environ 65,000 tonnes, et il est en tel accroissement qu'on peut admettre, sans crainte, qu'il aura doublé d'ici peu d'années. Il en est de même de celui de ces contrées avec les Indes. Prenons comme moyenne le chiffre très-réduit de 100,000 tonnes; à 0 fr. 06, cela donne 6,000 francs de recette par kilomètre. Les statistiques russes permettent d'autre part de compter pour le mouvement des voyageurs 3,000 fr., et nous resterons certainement au-dessous de la réalité en ne portant que 1,000 fr. pour les transports du gouvernement.

Nous arrivons ainsi, comme total de la recette brute locale, à la

---

(1) Chiffre basé sur la capacité réelle, *gross tonnage*.

somme de 10,000 fr., et nous obtenons, en résumé, les chiffres suivants :

Trafic de transit................	30,000 fr.
Trafic intermédiaire..............	10,000 »
Produit brut kilométrique total	40,000 »

Cette recette brute laissera un bénéfice net de 50 0/0 environ, soit de 20,000 fr. Le kilomètre moyen ayant coûté 265,000 fr., le revenu assuré dès l'ouverture de la ligne sera d'environ 7 1/2 0/0 ou de 75 millions pour le capital total de un milliard.

Il serait prématuré d'examiner en ce moment les combinaisons financières moyennant lesquelles ce capital de un milliard pourra être réalisé.

Il convient d'observer toutefois que les Compagnies dont les lignes seront empruntées pour le passage des trains des Indes seront très-fortement intéressées à la création du chemin de fer Central-Asiatique, puisque cette nouvelle voie leur apportera une recette supplémentaire importante. Nous avons évalué plus haut à 30,000 fr. la recette brute de transit. Ces 30,000 fr. appliqués non pas à l'étendue totale des lignes empruntées mais à un parcours moyen de 5,000 kilomètres par exemple, donneront à ces lignes une recette nette supplémentaire d'environ 75 millions.

Ce bénéfice considérable résultant pour ces différentes lignes de l'établissement du chemin de fer des Indes, pourra donner lieu de la part de leurs Compagnies à une certaine participation dans la formation du capital.

Ajoutons enfin que la ligne de l'Asie centrale sera également utile aux deux gouvernements russe et anglais, et qu'il est à supposer que ces gouvernements, dont la protection est d'ailleurs indispensable pour l'exécution de la ligne, interviendront dans une certaine mesure pour encourager les capitaux à s'engager dans cette entreprise.

On objecte toujours que la bande de territoire afghan qui sépare encore les frontières russe et indienne est un obstacle à l'exécution de ce chemin de fer. Il est certain que l'entreprise ne pourra s'achever tant que les gouvernements russe et anglais ne se seront pas entendus sur cette importante question ; mais leur accord, dès qu'il existera, aura pour conséquence immédiate la solution de toutes les difficultés qui peuvent exister aujourd'hui au sujet de la traversée de ces contrées intermédiaires.

On peut même considérer que les travaux pourraient commencer du côté russe sans qu'on ait à s'inquiéter de ces difficultés, que le temps ne tardera pas à résoudre.

La Russie est conduite, pour sa propre défense et par sa force d'expansion, à s'avancer vers les contrées moins civilisées qui l'avoisinent. Elle a créé, en quinze ans à peine, un énorme réseau de chemins de fer qui s'étend aujourd'hui jusqu'aux frontières de l'Europe. Les contrées limitrophes de l'Asie centrale ne peuvent plus rester immobiles comme si elles étaient éloignées de tout pays civilisé, et doivent, bon gré mal gré, s'accommoder avec les exigences du progrès européen. Il y a, auprès de ces pays encore barbares, une mission civilisatrice à accomplir, et cette mission revenait tout naturellement à la Russie, leur plus proche voisine.

La Russie a accepté cette tâche qu'elle poursuit avec persévérance malgré les charges qu'elle lui impose. C'est à ce titre qu'elle ne peut manquer de donner son concours à un projet qui sera l'instrument le plus puissant et le plus efficace pour la civilisation de toutes ces contrées de l'Asie.

Je ne m'attarderai pas davantage sur ces considérations. Mon but a été d'exposer le projet dans son ensemble. J'ai essayé de montrer les avantages que présente le tracé du chemin des Indes par l'Asie centrale ; j'ai tâché de prouver que ce tracé est exécutable et que le coût d'établissement de cette ligne ne dépasserait pas les dépenses habituelles d'une voie ferrée ordinaire. J'ai cherché enfin à établir sur des données certaines le trafic à attendre de cette ligne dès les premières années de son ouverture et nous sommes arrivés à ce résultat que ce trafic assurerait une rémunération suffisante aux capitaux engagés.

Que reste-t-il donc à faire pour hâter la mise en œuvre de cette immense entreprise ?

C'est de répandre la conviction dans l'esprit de tous. On se rendra compte, en y réfléchissant, de l'énorme intérêt qu'il y a à relier l'Inde à l'Europe par une voie de communication rapide.

L'intérêt que présente cette nouvelle voie est si évident qu'il suffit presque de l'énoncer pour en montrer l'importance, et c'est à ce titre que je vous remercie, Messieurs, de l'attention bienveillante que vous avez prêtée à mes explications.

Le chemin de fer à travers la Sibérie. — Après une nouvelle et mûre délibération au sein du conseil de l'Empire sur les avantages et les inconvénients respectifs des deux directions qui pouvaient être données à cette voie, le souverain s'est décidé en faveur du tracé méridional, — Nijni-Novgorod, Kazan, Ekatherinenbourg, Tiumène.

158.76. — BOULOGNE (SEINE). — IMPR. JULES BOYER.

L'EXPLORATEUR

GÉOGRAPHIQUE ET COMMERCIAL

FONDÉ SOUS LE PATRONAGE

DE LA

COMMISSION DE GÉOGRAPHIE COMMERCIALE

DÉLÉGUÉE PAR LA

Société de Géographie et les Chambres syndicales de Paris

SOUS LA DIRECTION DE

MM. Ch. HERTZ ET A. PUISSANT

BUREAUX :

24 et 26, Passage Colbert, 24 et 26

PRIX D'ABONNEMENT :

	PARIS		DÉPARTEMENTS		ÉTRANGER
UN AN	25 fr.	UN AN	30 fr.	Prix de Paris et le port
SIX MOIS	13 fr.	SIX MOIS	16 fr.	en sus.

159.76. — Boulogne (Seine). — Imp. JULES BOYER
Administration : 11, rue Neuve-Saint-Augustin, à Paris.

www.ingramcontent.com/pod-product-compliance
Ingram Content Group UK Ltd.
Pitfield, Milton Keynes, MK11 3LW, UK
UKHW022347170726
13837UKWH00005BA/2466